# 봄의 찬가

한국예술인복지재단
KOREAN ARTISTS WELFARE FOUNDATION

이 시집은 한국예술인복지재단에서 지원한 창작지원금으로 출판되었습니다.

박춘길 제2시집
## 봄의 찬가

인쇄 | 2021년 7월 10일
발행 | 2021년 7월 15일

글쓴이 | 박춘길
펴낸이 | 장호병
펴낸곳 | 북랜드
　　　　06252 서울 강남구 강남대로 320, 황화빌딩 1108호
　　　　대표전화 (02)732-4574, (053)252-9114
　　　　팩시밀리 (02)734-4574, (053)252-9334
　　　　등록일 | 1999년 11월 11일
　　　　등록번호 | 제13-615호
　　　　홈페이지 | www.bookland.co.kr
　　　　이-메일 | bookland@hanmail.net

책임편집 | 김인옥
교　　　열 | 배성숙 전은경

ISBN 978-89-7787-031-4 03810
ISBN 978-89-7787-032-1 05810 (E-book)

값 10,000원

# 봄의 찬가

박춘길 제2시집

북랜드

# 제2시집을 내면서

니는 사람과 사람 사이에 일어나는 모든 감정들과
사람이  자연을 사랑하고
　　　　자연이 내는 소리를 듣고
　　　　자연이 슬퍼서 우는 소리를 듣고
　　　　자연이 노래하는 소리를 듣고
　　　　자연의 아름다운 모습을 보고서
느낀 감정을 글로 적어놓고 시적으로 표현하고 싶어서
열심히 노력할 때 시는 창작되는 것이리라 생각합니다.

제1시집을 낸 지 올해로서 2년이 다 되어갑니다.

제2시집의 창작을 망설일 때 한국예술인복지재단에서
지원하는 창작지원금으로 제2시집을 출판하게 되어서 너
무 기쁩니다. 서면으로 그분들게 감사 인사를 드립니다.

또 이 책을 출판하여 주시는 북랜드 사장님께도 감사의
말씀을 올립니다.

2021년 6월 13일

박 춘 길

# 차례

3

# 1

# 새싹

세상 구경 처음 나온
어린 싹은 봄 햇살에
눈이 부실 때 기지개 켜고
연둣빛 순 하나가
청초한 떡잎 두 잎
햇살 먹고 자란다

봄비 촉촉이 내리면
목마름 갈증을 해소하고
온몸에 금가루 은가루 보석을 키우고
봄햇살 미치는 곳마다
새순들이 아침이슬 머금은 모습들이
청초하기 이를 데 없어라

# 아침이슬 1

애잔한 그리움으로
밤새 살포시
수줍음 견뎌내고

아침이 오자
살며시 눈 뜨는
작은 혼

돋을 볕 보자
너무 반가워
온몸 떠는 너는
영롱한 보석이었다

# 가을 예찬

바람결에 춤추는
금빛 물결의 춤사위
참으로 멋있고

햇빛과 속삭이는
황금색 들국화의 미소에
내 마음까지 다 녹이네

바람결에 춤추는
은빛 물결의 춤사위
참으로 눈이 부신데

온 산하 山河는
가을이 선사하는 오색 빛깔의
아름다움에 흠뻑 취했노라

# 일출

아침에 화왕산을 바라보니
눈부시게 돋은 햇귀
온 세상 다 밝히는 그 모습이
너무나 장엄한데

만상 만물들도
온 세상 다 밝히는
저 늠름한 태양의 모습에
나처럼 반할지도 모르겠네

# 봄의 찬가 1

나뭇가지마다
갓 돋아난
새순들이
기쁨에 들떠서
방긋방긋 미소 지을 때
새들도 기뻐서 노래하고

나뭇가지마다
갓 피어난
아름다운 꽃들은
봄햇살에 눈이 부실 때
벌도 나비도
춤을 추며
꽃 속을 찾아드네

# 아기의 미소

곱디고운
옥 같은 피부의 얼굴에
방긋방긋 웃는
아기의 미소를 볼 때면
나도 행복하고

곱디고운
고사리 같은 손을 보면
세상에서 제일 예쁜
내 아기의 손을 만질 때
따뜻한 애정의 교류가 일고

곱디고운
아기의 눈이
방긋방긋 미소 지을 때
내 마음에 샘솟는
용기의 근원이어라

# 우주정화의 꽃들

아! 우리 모두 지구라는 별에서
태어나 더불어 살아가는 존재들
모습과 생각을 다를 지라도
생존하기 위해 잡아먹고 잡혀먹히는
운명들이지만 그래도 우리 모두들은
우주정화의 꽃들의 후손들이라네

아름다운 우리의 별에서
삶도 있고 사랑도 있고
행복도 있고 희망도 있는
아! 우리 모두는 우주정화의
꽃들의 후손들이라네

식물이든
동물이든
사람이든
모두 더불어 살아가는 존재들의
삶터인 이 지구라는

아름다운 별을 우리 모두가
사랑하자

아! 우리 모두 우주정화의
꽃들의 후손들이기에
우리 모두 축복 받은 존재들이기에
우리 모두의 생명들은
너무나 소중한 것

현재도 미래에도 감사하는
마음을 갖자
소중하게 태어난 생명들을
우리가 지켜나가자
아! 우리 모두 우주정화의 꽃들의
후손들이라네

# 노老의 미소

하얀 백발이
햇볕에 눈부셔라
세월의 매무새
경륜의 정화이여

살 빠진 손가락마다
굳은살 박혔어도
정마다 쌓인 흔적이어라
시부모님과 남편과 자녀들을 위해
노력한 흔적들의 표
구부정한 허리가 되어서도
여전히 남편 걱정
자식 걱정, 그래도
그 눈빛은 정이 담뿍 담긴
아름다움의 미소여

# 봄 1

봄 햇살에 대지는 훈기가 돌고
어제 온 비는
냇물이 되어 흐른다

꽃 향기가 진동하는
꽃동산엔
벌과 나비들의 낙원이 되는데

연둣빛 도는 들판엔
나물 캐는 아낙네들
마음속에도
봄은 가득한데

어느새 봄은
우리 곁에 와서
방긋방긋 웃고 있네

## 모녀

젖 먹고 잠든
예쁜 우리 딸
잠자는 모습도 너무 예쁘다

엄마는 살며시 일어나
아기 깰세라
발걸음 조심조심하며
부엌으로 들어간다

새근새근 숨소리 내며
깊이 잠든 아기 얼굴엔
행복이 가득한데

다시 방 안으로 들어온 엄마는
아기 옆에 앉아서
부채질해 주는
마음도 행복하다

# 아침이슬 2

밤새도록
정기를 받아서 된
영롱한 옥진주
아침햇살 받자
찬란한 눈부심이여

어쩜
이슬들이 이렇게
색깔 곱고
아름다울까!

풀 위에 맺힌
옥진주
금
은
모두 다 찬란한 보석이어라

# 사진첩

겉장을 열면
가지 가지
추억의 열매들이
스스로 들춰내려 하고 있다

그 많은 추억들이
이렇게 나한테는
너무나 소중한 것인데
그런데 간혹 나보다 더
낯내기 하려는 추억도 간혹 있다

한 장 한 장 넘길 때마다
추억들이 소록소록 일어난다

세월이 흘렀어도
떠나간 사람들도
내 젊은 그 시절도
결혼 때도

금실 좋은 잉꼬부부 때도
그 그리움이…

나한테는
다 가슴 찡하게
만드는
진한 그리움의
반짝이는 추억의
별들이기에 …

오늘도 가슴 찡하게 만든다

# 행복한 아침

아침 해가 돋으면
풀잎에 맺힌
보석들이 반짝이는
황홀한 몸짓이
참으로 영롱한데

나무마다 풀잎마다
뿜어내는 신선한 공기
내 마음과 몸을
생기가 넘쳐나게
만들고

숲속에서
들려오는
영롱한 꾀꼬리
노랫소리는
오늘 하루도 행복해지리라

# 꽃의 행복

꽃 속을 누비던 벌이
꽃을 보고 신이 나 열심히 꿀을
모아 담아 집으로 향해 날아가는
나래 짓에 힘이 실렸고
벌을 맞이했던 꽃송이는
행복에 겨운데
1억5천만 킬로미터에서 온
햇볕이 꽃에 축복을 내리며
입맞춤하자
꽃은 자지러질 만큼
행복해하고 있다.

# 봄 2

봄바람 솔솔 불면
내 마음 설레어
따뜻한 들녘으로
봄나들이 재촉한다

어느 집 담장 위로
고개 내밀어 활짝 핀
매화꽃의 미소에 반해 나는
가는 목적도 잊어버렸네

참새는 짹짹짹
벌들은 붕붕붕거리며
매화꽃이 좋다고
속삭이네

봄 햇볕이 눈이 부시는
화사한 매화꽃의
살결을 스쳐 가는 봄바람도
잠시 멈추는가

훈훈한 봄날씨를
이제사 ㄴ껴보는
어느 촌부의 행복한 마음이어라

# 아랑

당신은
아름다움의 슬픔
채 피우지 못한 순정의 꽃
너무 애달파라

청춘의 꽃봉오리가 꺾어진 채
너무나 슬픈 넋의 한
크고 클진대

이제 이 세상 사람이 아닐진대
그곳에서 명복을 받기를
기원하오이다

해마다  기일이 오면
밀양시 시민들이 그대의 넋을
위로하고자
이렇게 온 정성으로
행사를 행하오이다
아! 부디 그곳 세상에서
행복을 받으시길
이렇게 기원하오이다

# 겨울 철새

입동이 지나면
언제나 저 먼 데서
오는 반가운 손님들

이제 힘든 여정을 풀고
여기에서 삶의 보금자리를
틀고 있다

온 가족과 일가 친척들이 모두 함께
이곳에서 기쁨을 느끼며
아무 탈 없이 살고자 하는 것은
너희들의 바람이다

겨울바람 추위에도 모두 무사히
잘 견뎌내며 모두들 오붓하게
삶의 행복을 느끼며
행복하게 살으렴

# 가을

강물에 비친
단풍든 산의 세상
신기한데

물가에 갈대들의
속삭임도 짙어가는데

물찬 제비는
강남으로 떠날 채비를 하고

황금물결이 이는
가을들판은 참새들의 세상이 되고

가을하늘은 너무나 파란데
소슬바람에 비명지르는
단풍들도 있지만
이 가을에도
풍년이 들어 기쁘다

# 봄의 찬가 2

작약꽃 봄바람에
폴폴폴 꽃향기 날리고

강남에서 돌아온
제비부부 감회가 새롭겠구나

봄나들이 나온 병아리 떼들
어미닭 뒤를 졸졸 쫓아다니고

완두콩 덩굴손
지주대 잡고 기어오르네

알에서 깨어난 올챙이들
개구리 되려고 기를 쓰고

비 온 뒤 우포늪은
풍성해진 제 몸 자랑하네

봄동산엔 초목들이

새순을 돋아내어 제자랑하고

화초들도 꽃을 피워
제 아름다움 자랑하네

우포늪 수초들도
앞다투어 새순 돋우고

물고기들은 알을 낳아
제 후손들 염려하네

물닭 부부 어느 봄날
둥지 틀고 알을 낳네

우포늪의 어부들이여
물고기가 알 낳는 철엔

보름 동안만이라도
물고기를 잡지 맙시다

# 금반지

언제나 쳐다봐도
늘 아름답게 빛나는
금반지
20년 동안 내 곁에서
늘 변함없는 아름다움이 있었네
나보다 두 살 어린 돌반지
같아 보이지만 실상은
나이를 측정할 수 없는 아름다운
금金이어라
그래도 내 눈엔
정뿐인 아름다움인 걸
내 돌잔치에 삼촌이 사다 주신
선물이더라
나는 두고두고 네 아름다움을 느끼되
삼촌의 고마움을 잊지 않으리
내 돌잔칫상을 차려주신
어버이의 은혜를 영원히
잊지 못하리라!

2

# 가족의 집

정이 담뿍 담긴
우리 집
내가 태어났고
내 형제들이 태어났던 곳
우리 가족이 살던 집

세월이 흘러서
내 아이들이 태어났던 집
집은 비록 오래되었지만
정이 든 것은 몇 배나 더 되는 걸

비바람 막아주고
눈보라 막아주고
따뜻한 방 안에서
가족끼리 오손도손
행복이 쌓였던 집

또 수십 년이 지나서

이제 어버이는 안 계셔도
그 정은 자꾸 생각나는 곳

오늘도 우리 집에서
행복했던 추억들을
하나하나 꺼내어본다

# 장독대

늘 어머님이 가시는 곳
어머니의 손길이 가득한 곳
언제나 눈이 가는
우리 집 장독대

아무리 세월이 흘러갔어도
잊지 못할 어머니 정 서린 곳
오늘도 장독대 쳐다보면서
어머님을 생각한다
비가 오나 눈이 오나
어머님이 늘 가시던 곳

오늘따라 이렇게 비가 내릴 때면
어머님 옆에 서서 우산을 받쳐주는
기억이 아직도 생생한데
더 기억에 남는 것은
눈이 와서 항아리마다
눈이 소복이 쌓여

새로운 세상을 보는 것 같았다

어머님의 생전에
늘 손길이 가시던
장독대를 보면
어머님의 정 그립네
오늘따라 유난히 더 그리운
어머니의 정

# 한여름밤

캄캄한 밤
숲속에서 들려오는
감미로운 선율은
곤충들의 사랑가인가

밤하늘에 반짝이는
수많은 아름다운 보석들은
주인 없는 보석밭
나도 보석 하나 딸까나

졸졸졸 흐르는
시냇물은
별들을 엮어서
흘러가노라

이 밤도
어느 소년은 꿈을 키우네

# 봄손님

삭막했던
겨울을
다 보낸 지금

곳곳마다
움트는
봄의 생명들의 울리는
심장 소리에

벌도 나비도
귀 기울이네

# 오월의 생명들

숲의 정열이
훨훨 타오르는
오월의 요염함
한눈팔면
살도 타오르겠지만
식물들도 이젠
원 없이 한풀이하겠네

찔레꽃
장미꽃
사촌이던가
뿜어내는 꽃향기는
서로 다르지만
내 코엔 둘 다 일품인 걸

훨훨 타는 태양도
쑥쑥 자라는 초목들도
오월이 선사하는

생명의 정열

소쩍새도
뻐꾹새도
오월이 좋대나
소쩍 소쩍
뻐꾹 뻐꾹
꾀꼴 꾀꼴

## 오월의 찬가

아카시아 꽃향기 폴폴 날리면
봄바람 타고 들려오는
뻐꾹새 울음소리
온 산하를 울리고

냇가에 새순 돋은 왕버들 가지들은
봄바람에 살랑살랑 춤을 추면
꾀꼬리 영롱한 노랫소리에
내 마음 홀리고

물속에선 잉어들이
생기차게 뛰어놀고
햇볕 어린 냇물은
쉼 없이 흐르지만

봄바람 타고
살랑살랑 춤추는
갈대들의 속삭임도

이때가 아니던가

보리밭 위 공중에선
종달새 노랫소리
정답게 들려주고

강남에서 돌아온
제비들도 감회가 새롭겠구나

봄비가 촉촉이 내릴 때면
온 산하는
한 폭의 수묵화이어라

# 꽃

태고의 신비로움을
그대로 간직한 채
순수 그대로의 순정으로
이제 막 피어났다

꽃의 미소는
아름다움의 극치
음양의 신비로움 조화의 멋이여

일억 오천만 킬로미터에서 오는
열기의 파장을 흡수하고 있다
살아있는 음양의 조화로움의 미

오! 아름다움의 극치여
너는 이제 막 피어난 순정의 꽃
그 숨결도 감미롭다

# 가을 달밤

달빛 받아들이는
황금 들녘엔
밤안개 자욱하고
어디선가 들려오는
고라니 울음소리는
산속 생명의 소리

밤은 깊어가는데
밤하늘 별자리들도
달과 함께
서쪽 하늘로 달음질하고
귀뚜라미 울음소리는
밤새도록 들려오지만
지겹지 않고

어디선가 들려오는
장닭 을음소리를 듣고나서
잠을 청하도다

# 반딧불이

칠흑같이 어두운 밤
마당 저편에 있는
거름더미에서
반짝대는 암반딧불이의
신호를 용케 알아보고
다가오는 형광불빛이 있었다

반짝반짝
암수의 신호가 계속되더니
고요한 어둠 속에서
두 마리의 이루어진 사랑
사랑의 불꽃이여
훨훨훨 타올라라!

# 동창회

오늘은 우리 동창생들이
모두 한자리에 모여
지난 추억의 보따리를 풀고
우정을 쌓는 날

말하는 친구와
들어주는 친구들이
모두 즐겁기만 하네

오늘은 우리 동창생들이
모두 한자리에 모여서 마음을 터놓고
우정을 쌓으면서
행복을 즐기는 날

잘난 친구도 못난 친구도
모두 함께 생각해주면서
모두모두 행복하게 즐기는 날

# 내 고향의 나루터

정든 나루터
나를 내 고향 마을로 태워주려고
나룻배가 낙동강을 건너오고 있다

내 고향 마을은
낙동강 건너 의령 땅 여의리
강 이쪽은 창녕 땅의 마수원

강 건너
고향 마을 뒷산은
어서 오라 손짓하고
파란 하늘은 내 마음을 반기고
내 마음의 열정은 태양처럼
타오른다

언제나 내 고향 마을에 들어가면
껴안아 주는 엄마 품 같은
정든 고향아

# 다람쥐

산에 올라가다가
다람쥐를 보니
귀엽기가 이를 데 없다
발걸음 멈추고
다람쥐 재롱 본다고
힘든 것도 어느새 잊는다

다람쥐 눈과
내 눈이 마주친다
다람쥐가 쪼르르
바위 틈으로 들어가 버리네

거참 겁 안 내도 되는데
숨기는 왜 숨나

# 나룻배

강물과 맺어진 인연
세월에 운명을 맡긴 채
맡은 책무를 충실히 하고 있다

비가 오나 눈이 오나
손님들을 태우고
강을 건너다 주었다

주어진 운명이
고달프기도 하고
몸이 아픈 곳이 생겨도
주인의 명령에 따라야 했다

휴식 시간이 된 밤에는
달님이 보시고
또 별님들이 보시고
배를 위로해 주셨다
가슴에 눈도 비도 담뿍 담아보기도 했다.

오늘은 까치설날
많은 손님들을 건너다 주었다
강 이쪽에서 강 건너 저쪽으로
강 건너 저쪽에서 강 이쪽으로

오늘은 뱃사공도 나도
힘이 들었지만
마음은 신이 났다
늘 오늘과 같았으면
뱃사공도, 나도

# 아침이슬 3

풀잎 위에 보금자리 틀고
새벽 공기 먹고 자란 너는
아침 햇님을 기다렸지
동산 위에 햇님 방긋 웃을 때
너는 영롱한 보석

오늘 아침에는
풀잎 위에서도
꽃봉오리 위에서도
참으로 영롱한 보석이었지
나무나 아름다운 보석이었어
내가 보기에는

# 우포늪

소문을 듣고 어느 겨울날 찾아본
우포늪을 보고 정말 감탄했다
우리나라에서도 이런 늪이 있었네
크다 못해 광대하도다

호수도 호수지만
고니 저어새는 고귀하기가 이를 데 없고
기러기, 청동오리, 넓적부리오리, 쇠오리
논병아리 모두모두 모여서 놀고 있는 게
신기하고 기쁘기가 이를 데 없다

넓고 넓은 푸른 호수는
가는 곳마다 숨결 소리가 들리고
산과 하늘과 호수와 함께 어우러진
우포늪이 정말 장관이다

## 아카시아꽃


파란 하늘에
하얀 꽃송이들
봄바람에 춤춘다

수많은 벌들이 날아와
꽃송이들과 같이
즐겁게 시간 보내고

꽃향기 봄바람에
폴폴 날리며
일광日光 어린
꽃들이 화사해라

# 졸업식


추억이 담긴 학교
이제 후배들에게 넘겨주고
이 학교를 떠나노라


육 년 동안 공부했던 곳
8살 아이가 14살 되도록
공부와 심신을 단련했던 곳


항상 우리들을 위해서
노력하시던 선생님께
감사합니다


정든 학교
정든 교실 , 정든 책걸상
정든 운동장을
남겨두고 졸업하노라

# 여객선

수면을 가르며
부두에 도착하는 여객선 선체는
햇볕에 우람함을 드러내고

파란 하늘과
초록빛 바다는
정든 내 고향의 하늘과 바다

부두에 닿은 여객선
손님들을 하선시키고
잠시 휴식을 취한다

둥실둥실 물결 따라
~~춤추는~~ 몸체는
물결 따라 몸을 맡긴다

문득 나도 저 배를 타고
육지로 여행을 가고 싶다

# 아침

먼동이 트자
새들이 지저귄다
아이들이 일어나
세수하고 공부하는데

아침밥 짓는 연기
솔솔솔 하늘로 올라가고

아침 햇님이 마당을 비추자
미소 짓는 아름다운 꽃들이
생기가 넘치고

아침은 늘
우리들에게 새 기분을
들게 해주는
하루의 시작이다

# 희망

누구나 한 가지씩
마음속에 품은 꿈이 있다
세월은 강물처럼 흐르지만
품은 꿈 이루려고 살아간다

학생들의 꿈
청소년들의 꿈
어느 신혼부부의 꿈

누구나 가슴에 품은
꿈 때문에 좌절하지 않고
희망을 갖고 살아가니
용기가 솟는다

그들에겐 언젠가 이루어질
밝은 미래가 있다

3

# 송홧가루

해마다 오월이 오면
녹색 가루가 먼지 쌓이듯
대청마루에 쌓인다

사람들이 이 가루를
송홧가루라 부르는데

올해도 우리 집
대청마루에
송홧가루가 잔뜩 쌓였네

오월에는 늘
이렇게 쌓인 송홧가루 청소는
내 차지

# 카메라

경치 찍고 꽃 찍고
추억도 찍고 싶어서
돈 주고 카메라를 사 왔다네

정다운 얼굴 찍고
곤충 찍고 호수 찍고 싶어서
카메라를 들고 호수로 들어갔다네

호수 찍고 새 찍고
수초 찍고 물고기 찍고
집에 와서 부모님께
자랑했다네

찾은 사진들을 보고
너무 기뻐서
나는 우쭐우쭐하였다네

# 잡초


인도人道에 생명 하나
햇볕 받고, 빗물 받고, 바람 받고
홀로 성장한 청초한 생명 하나

꽃이 피고 씨앗도 맺고
바람결에 씨앗과 이별하는데
식물들의 세상에도
유전법칙이 있고
의식이 있고
고뇌도 있다네

이별의 슬픔과 기쁨의 교차로
그래도 태어났다는 게 어디냐고
기뻐하는 그 얼굴에
태고의 숨결이 나한테는
들리는 듯하다네

# 억새춤

이렇게 우리 모두
얽히고설킨 인연인데
이렇게 바람 부는 날
춤을 추자

은색 물결의 춤을
서로의 어깨에
리듬을 맞춰 최고의 춤을
춰보자

이렇게 우리 모두
얽히고설킨 인연인데
이렇게 바람 부는 날
춤을 추자

은색 물결의 춤을
서로서로 다독이며
모두모두 웃으며
후손들을 보내주자
축복을 기원하며

# 마름

비록 물속이라도
나한테는 소중한 삶의 터전
나의 부모님과 그리고 윗대 또 윗대
대를 이으며 살아온 삶의 터전이라네

내 모습이 이래도
속은 꽉 찼다네
지나가는 사람마다 나를 바라보며
가을에는 꼭 와봐야지 하고 말했다네

여름이 되자
나의 형제들 사촌들 육촌들
그리고 이웃들
모두모두 다 물 위에서 뾰족뾰족
고개를 내밀고 낯내기 한다네

한때는 여름의 홍수가 우리의
머리 꼭대기까지 흙이불을

덮어씌우고 갔지만
하늘에서 맑은 비를 내려주어서
우리는 멀쩡하다네

가을이 오면
우리 모두 별처럼 생긴
열매를 맺는다네
우리의 이세를 맺는다네

# 가을 달밤

이렇게 장독대에
밝은 달빛 어리고
귀뚜라미 귀뚤뚤 우는 밤에는
빨간 감도 몸살 앓겠네

이렇게 달 밝은 밤이면
구석기시대의 인류들은
이때쯤 무엇을 생각하며
살아갔을까

이렇게 달 밝은 밤
부엉이 울어대고
갈대들이 바람에 노래할 때
원시인들은 어떤 생각을 했을까

동그란 보름달을 보고
원시인들은 익어가는 과일들을
쳐다보면서

밤에도 사물을 볼 수 있다는 것을
느끼며 경험을 쌓아갔겠지

매일 달이 변하는 모습을 보고
또 몇 년에 한 번씩
월식이 일어나는 것을 바라보면서
신기해했으리라

앞으로 천년 후에 사는 사람들은
밝은 보름달을 보고
옛시조나 현대시를 읊을까

밝은 보름달을 쳐다보며
잠 못 이루는 우리 인류들이여
달은 우리 인류에게 선사한 신의 선물

# 새로 사 온 강아지

깨갱 깨갱 캥캥
깨갱 깨갱 캥캥
한없이 울어대네
집이 낯설다고
부모 형제들이 그립다고
강아지가 서럽게 울어대네

측은하기도 하네
그래도 오늘 하루만 참으면 낫겠지
밤늦게 추워지자 걱정이 되어
강아지에게 가보았네
나를 보더니 반갑다고 꼬리를
살랑살랑 흔들어대며 나의 눈치를 보네

나도 귀엽다고
머리를 쓰다듬어주자
좋아하는 눈치였어
헌 옷으로 강아지 보금자리를

따뜻하게 만들어주자
강아지가 꼬리를
살랑살랑 흔들어대더니
개집으로 들어가서
조용히 잠을 자더이다

# 봄 3

엄동설한의 온갖 고초를 다 겪고
이제 기쁜 마음으로
기지개 켠다

온 들판에는 봄 햇볕에
아지랑이 아른아른 춤을 춘다

봄비 내린 뒤
연두색 새싹들이 이슬 머금고
방긋방긋 미소 짓고

아침 햇볕 받고
고즈넉하게 미소 짓는
황금색 민들레꽃의 미소

이제 완연히 봄이어라

# 아기나무

조그만 씨앗 하나
땅속에 보금자리 틀고
봄이 오니 뾰족 고개를 내밀다

햇볕 받고
봄비 맞더니
쑥쑥 자라서
어느새 꽃피우니

벌이랑 나비랑
같이 놀다가
봄바람 살살 불면
애교 떠는 춤사위

# 산삼

깊은 산 정기 품은
수백 년 묵은 산삼

수백 년 동안
성장한 그 자태
늠름하기가 이를 데 없고

은은히 풍기는
그 향기만으로도

죽어가는 한 사람의
생명 살리겠네

# 연꽃

더러운 물도 깨끗한 물도
가리지 않고
무논에 둥지를 틀었다

뿌리 내리고
줄기 뻗어 자란 잎새는
너무나 도도하고

한여름 햇볕에
아름답게 활짝 핀
연꽃은 눈부시도록
찬란함이여

꽃 중의 왕
고귀함과 부의 상징이여

# 보춘화

울창한 산림 속에서
굴하지 않고
튼튼하게 자라온
보춘화 한 포기

겨울 눈밭에선
더 생기 돌며 싱싱한
푸른 잎사귀

봄이 오면
꽃을 피우고 뿜어내는
은은한 꽃향기가 일품일세

겨울에 잎사귀가
더 푸르다 하여
사군자의 한자리한
아름다운 꽃이여

# 천수국(골드메리)


이른 봄 화단에
호미로 골을 타고
꽃씨를 뿌린 후
보드라운 흙으로 덮었다

싹이 나고
날이 갈수록
쑥쑥 자라서
어느 여름날
아름다운 꽃을 피우기 시작했다

여름과 가을 내
피는 꽃 그래도
늦가을에 서리 맞으며
피는 꽃이 더 일품이라나

# 유채꽃밭

봄바람에 이는 황금 물결의 장관
자세히 들여다보면
아름다운 유채꽃들

벌과 나비들이
즐겁게 노닐고
천 이랑 만 이랑
황금 물결과 같이 논다

꽃들도 벌들도 나비들도
사람들도 봄볕 쏟아지는
유채꽃밭 속에서
즐겁게 노니네
꽃향기 맡으면서
꽃을 감상하면서
벌과 나비도 꿀을 빨면서

# 나그네의 허기

언덕길을 오르는 나그네
산바람 솔솔 불어오니
얼굴에 미소가 어리고

길가에 있는 어느 밭엔
잘 자란 오이들이 주렁주렁 달려 있다
나그네의 군침 삼키는 입
하도 먹음직스러워
주위를 두리번거리더니
얼른 밭에 들어가서
오이를 한 개 뚝 땄다
오이를 옷깃에 닦은 뒤
한입 물었다

와삭와삭 씹으며
오이 향이 입안에 가득하다
나그네는 걸어가며
오이를 한 개 다 먹은 뒤
목마름과 허기가 사라지자
발걸음도 기뻐워지네

# 민들레꽃

지난해 네가 퍼뜨린
씨앗들이
곳곳에 삶의 보금자리 틀다

겨우내 혹독한 추위를
잘 견뎌내고
봄비 내린 뒤
따뜻한 햇볕이 내리쬐자

씨앗에서 움이 트다
봄바람 봄 햇볕에
기분 좋은 새싹들이
쑥쑥 자라서

어느새 장성하더니
황금색 꽃피워서
뽐내고 있다

# 일꾼

가을 햇볕 받으며
파란 가을하늘 쳐다본 후
빨갛게 잘 익은 사과를 딸 때

고추잠자리
범나비
놀러 다니고
황금색 들국화꽃 가을바람에
춤출 때

일하던 일꾼들은
새참이 안 와 손아귀에 든
잘 익은 사과 하나 한입 물었다

입안에서 사각사각거릴 때
달콤하고 시원하고 향긋한 맛을 느끼며
허기를 채운다

사과 한 개 다 먹고 난 뒤
좀 있다가 새참이 왔다

# 전원의 밤

깜깜한 밤하늘엔
보석같이 반짝이는
별들의 광채가 아름답고 신기해라

한여름 밤 숲속에서
감미로운 화음을 들려주는
풀벌레들의 울음소리는
정겹게 들리고

졸졸졸 시냇물
흐르는 소리도
노랫소리처럼
반갑게 들린다

밤은 깊어가고
밤이슬 촉촉이 내리는데
멀리서 들려오는 장닭 울음소리에
마음이 심란한데

텐트 안에는 모기들이
왱왱거리는데
어디서 들려오는
고라니 울음소리가
쓸쓸하게 들리는데

밤하늘 공중에서
반딧불이가 형광 불빛을 켜고
곡선을 그리며 날아가네

# 여름날 호수

파란 하늘에는
흰 조각구름 두둥실 떠가고

연못가엔
수련꽃이 요염한데

청개구리 한 마리
수련 잎사귀 위에서 잠시 쉬는데

물찬 제비는
하늘 높이 떠서 날아가고

햇볕이 어리는 수면에는
물방개가 한가롭게 유영을 즐기고
기다란 창포잎에
왕잠자리 앉아서 쉬네

들바람 살랑살랑 불어오니

수면에는 잔물결 이는데

수양버들 하늘하늘
부드러운 춤솜씨 자랑하는데

노란 꾀꼬리 한 쌍
수양버들 사이를 즐겁게
노닐며 영롱한 노랫소리 뽐내고

강태공은 연못가에 앉아서
낚시질 즐기는데

물닭 가족 물살을 가르며
나들이에 나섰고

공중에 훨훨 날아가는
백로의 몸에 햇볕 어린
눈부신 광채여

# 한여름의 전원

한낮의 햇볕은
은모래밭 달구고

강물에 멱감는
아이들의 환호성이
흘러가는 강물에 어리고

파란 하늘에
흰 구름 두둥실 떠가며
지상에 제 그림자 드리우는데

강바람 부니
수양버들 하늘하늘 춤춘다

강 건너 나루터엔
나룻배 한 척 강물에 넘실대고

강물에 비친 산 그림자와

흘러가는 구름 그림자와 겹쳐지고

강변 수박밭 원두막 위엔
밭 주인 시원한 강바람에 잠들고

개구쟁이 아이들이 살금살금
수박 서리하려고 수박밭에 숨어든다

키 큰 미루나무 한 그루에
매미 울음소리 요란한데

아이들이 수박 한 덩이씩 가슴에
안아 들고 저 멀리 달아나네

4

# 단비

봄비 흡족히 내리면
꽃도
풀도
나무도
곡식도
싱그러워지고
저수지 물도 풍족한데

온 산하山河는
녹초청강산*이 된다

  *녹초청강산 : 푸른 풀, 푸른 강, 푸른 산을 말함

# 늦가을

잎사귀를 다 떨군 채
들판에 덩그러니 서 있는
키 큰 미루나무가 가을바람에
쓸쓸히 울어대는데

소슬바람에 참나무 잎사귀들이
공중에 휘날리는 군무의 절정이어라

다람쥐는 도토리 물고 나르기에
바쁘고

가을바람에 갈대들은
마지막 이별의 춤을 추고 있는데

황금색으로 핀 들국화만이
서리 내린 늦가을에도
활짝 미소 짓고 있네

# 개구리

난생처음 지상에 나와보니
모든 게 신기했어

갑자기 하늘엔 무시무시한 백로가
날고 있어서
나는 가슴이 덜컥대고 간이 콩알만 해졌어

나는 얼른 안 보이게 숨었지
조금 지나 나와 똑같이 생긴 동족들이
내 옆으로 폴짝폴짝 뛰며 지나갔어
나는 그들이 좋아져서 따라갔어
모두 함께 풀숲에서 놀았지

개골개골 개골
모두 나와 똑같은 목소리로 울고 있어서
우리는 기뻐도 울고 슬퍼도 우는 동족인 것 같아

오늘은 잘생긴 개구리 한 마리가

내 곁에 오더니
내 등에 올라탔어
그런데 기분이 싫지가 않았어
묘한 기분이 들었지

아! 나도 이렇게 해서
이 세상에 태어났던 모양이야

아! 난 행복해

# 채송화꽃

아름다운 네 모습에
나는 홀딱 반했지

햇볕에 드러난
빨강 꽃
노랑 꽃
분홍 꽃
어쩜 이렇게 아름다울까?

조그마한 몸체에
가느다란 몸인데
꽃은 정말 아름다워
벌
나비들이
네 품 안을 드나들었지

아침에 피었다가 저녁에 지고 마는
짧은 일생이지만 너는 내가 영원히
기억할 너무나 아름다운 꽃이야

# 아침 산책

숲 사이로 난 오솔길을
아침 햇볕 받으며 걸어가면
영롱한 산새 울음소리 들려오고
상쾌한 아침 공기 들이마시니
기분이 날 것같이 좋아지네

푸른 잔디밭에
아침 햇볕 받으면서
걷노라면

휘황찬란한 보석들이
반짝반짝대는 수많은 보석들의 밭
금빛 은빛 파란색 빛의
영롱함에 나는 홀딱 반했다네

# 가을의 멋

수많은 크고 작은 산봉우리가
아침 햇볕에 드러나다

산과 산 사이에 난 평지에
운해가 흰 구름밭 같아라

황금색 들국화가 활짝 핀
꽃밭 사이를 걷노라면
신선이 된 기분

파란 하늘에 훨훨훨 정열을
불사르고 있는 태양은
너무나 장엄해라

꽃향기, 열매 향기
온 숲에서 뿜어내는 향기에
반한 나도, 산새들도, 산짐승들도
너무나 행복하다네

# 연

푸른 창공에 떠올라
세상을 내려다보는 이 기분
너무 좋아라

푸른 창공에서 바람 타고
춤추는 이 기분 너무너무 좋아라

파란 하늘과
훨훨 타고 있는 태양을
보고 있노라면
내 마음도 훨훨 타는 것 같다

난생처음 겨울 하늘 공중에서
마음껏 뽐내니
한없이 즐거워라

# 만추에 반해

아름다운 단풍들이
산과 들에 꽉 차 있는 모습에
난 반했다네

아름다운 꽃들이
산과 들에 활짝 피어있는 모습에
난 반했다네

크고 작은 수많은 열매가
아름다운 색깔로 주렁주렁
달린 모습에 나는 군침을
삼켰네

강에도, 호수에도, 저수지에도 댐에도
아름다운 산과 들과 하늘이
한데 어우러져 있는 아름다운
모습에 난 반했다네

# 꽃과 곤충

활짝 핀 아름다운 꽃 속엔
유혹의 향기가 넘쳐나고

날아온 나비가 사뿐사뿐
꽃 속을 누비네

수억 년 동안 내려온
꽃과 나비의 아름다운 인연

나비가 날아간 뒤
꽃은 행복에 흠뻑 젖어있네

# 오월의 노래

하얀 아카시아꽃들이
봄바람에 하늘하늘 춤추면
벌들의 축제가 한창이고

산에서 들려오는 청아한 뻐꾹새
울음소리 듣노라면 내 마음도
맑아지노라

온 들판에 익어가는
보리들이 봄바람에 춤추면
종달새도 높이 높이 떠올라 노래하고

푸른 강물 굽이굽이 흘러가는데
수양버들 봄바람에 하늘하늘 춤추면
황금 꾀꼬리 한 쌍 영롱한 노랫소리
울려오네

# 뻐꾹새

오월의 숲속에서 뻐꾹새가
청아한 노랫소리 들려주면
보리도 밀도 익어가고

작년 요맘때 듣던 그 노랫소리
올해도 변함없이 들려주네

싱그러워진 숲속에서
청아한 노래가 울려 퍼지면
산딸기도 빨갛게 익어가네

# 지구라는 별

빙글빙글 쉼 없이
1년 365일 돌아가네
사람과 동무들을 태우고
1년 동안 태양 주위를 한 바퀴 돈다네

빙글빙글 쉼 없이
1년 365일 돌아가네
동생인 달을 데리고
1년 동안 태양 주위를 한 바퀴 돈다네

빙글빙글 쉼 없이
1년 365일 돌아가네
강물 바닷물에 목 축이고
1년 동안 태양 주위를 한 바퀴 돈다네

빙글빙글 쉼 없이
1년 365일 돌아가네
별들 중에 제일 아름다운 모습을 하고
1년 동안 태양 주위를 한 바퀴 돈다네

# 석류

생명의 주머니가
활짝 열리자

생명의 씨앗들이
알알이 영롱한데

이 가을에도
새 생명들이
보금자리 찾아 떠난다

적당한 자리에 터 잡고
내년 봄까지 겨울 추위에 이겨내려고

낮에는 햇볕을 보고
몸 데우고
밤에는 낙엽을 이불 삼아
겨울 추위를 이겨내었다

봄비 내리고 대지가 봄 햇볕에
훈훈해지면 꿈틀대는 씨앗들의 몸짓

# 달

달은 밤하늘을
홀로 거니는 나그네
어두운 밤하늘을
더듬으며 잘도 간다

은하수가 가로 놓여있어도
앞길을 막아도
징검다리가 없어도
달은 성큼성큼 잘도 간다

밤하늘에 떠 있는
수많은 별과 인사하면서
밤길이 외롭지 않다고 속삭이면서
대지 위를 밝게 비춰주면서
밤길을 성큼성큼 잘도 간다

# 찔레꽃의 유혹

아름답고 하얀 찔레꽃
오월의 작은 미소

봄바람에 춤추는
너는 매력 덩어리

온몸에 풍겨내는
진한 꽃향기

벌도
나비도
너를 반긴다

너는 아름다운
오월의 작은 미소

# 성공

성공은
용기 있고
열심히 노력하는 자의 자리

성공은
앞을 바라보고 열심히 뛰면서
오직 한 길로 향해 도전하는 자의 자리

성공은
비굴한 자를 피한다
게으른 자를 피한다
기회주의자를 피한다
낭비하는 자를 피한다

성공이 좋아하는 사람은
배짱 있고 열심히 노력하는 자
하나의 목적을 정해 열심히 뛰는 자
저금을 열심히 하면서 열심히 일하는 자를
좋아한다

# 아름다움

활짝 핀 아름다운 꽃들의 미소
휘황찬란하게 빛나는 보석들
빼어난 경치
선남선녀들의 사랑의 미소
황금꾀꼬리 노랫소리
아름다운 무지개
그래도
사랑스러운 아기의 미소가
세상에서 제일 아름다워라

# 호두

따그락 따그락 어느 젊은
청년의 손아귀에 호두 두 알이
서로 박치기를 하고 있다네

한여름 어느 날 아침에
호두나무에서
제일 잘 익은 호두 열매 두 개를 따서
껍질을 까고 말린 호두 두 개를
가지고 놀고 있다네

따그락 따그락
소리가 하도 좋아서
재미가 있어서
가는 시간도 잊고서
놀이에 열중하고 있다네

# 예술품의 진가

먼 옛날 훌륭한 조각가 한 사람이
아무리 못생긴 나무도
아무리 모난 돌도
그의 손길에 의해
자르고 깎고 다듬어서 만들어진
멋진 예술품들
부처님상
인형
동물상
세월이 흘러흘러
오늘날에 와서
보물급이 되었네
예술품의 생명이
이렇게 길다네

# 우포늪의 철새

생긴 모습도 크기도 다르지만
우리는 모두 우포늪의 겨울철새들
우리 선조 때부터
우리 대에 이르기까지
우포늪에서 겨우내 살았던 터전
이제 우리 대에서 우리가 살아가는
터전인데
어째서 어부들이 많고 탐방객이
너무 많아서 시끄럽고 불안하고
하루도 편할 날이 없어
모두들 예전에 행복했던 그때를
그리워해
이제는 예전 같지가 않아
푸른 보리도 그립고 풀씨도 그립고
먹을 것을 심지 않아 배가 너무
고파 그리고 조금 쉬려고 하면
사람들이 우르르 몰려와서
떠들어댄단 말이야
무섭기도 해

아! 앞으로 우리 철새들의
운명이 어찌될지
우리 철새들을 위해서
조금만이라도 생각해주세요
먹이도 휴식공간도 필요해요